AF189214

Norbert Scheurig

Siebenland

Fantastische Geschichte

Herstellung und Verlag:

BoD - Books on Demand, Norderstedt

ISBN 978-3-7460-4641-9

Als Jonas Falk an seinem achtzehnten Geburtstag das Heim für elternlose Kinder verlassen konnte, war er voller Freude. Fast zwölf Jahre lang fühlte er sich wie ein gefangener Vogel im Käfig. Endlich frei, endlich mit der Suche nach seiner Herkunft und seinen Eltern beginnen, um zu wissen, weshalb sie vor fast zwölf Jahren plötzlich verschwunden sind.

Doch es wurde ein schwerer Weg, ein Weg, den Jonas in fremde Länder führte, ihn oft zweifeln lies ob er wach war oder träumte!

Siebenland

Wasserland

Waldland

Klippenland

Grasland

Höhlenland   Bergland   Wüstenland

Achtzehnter Geburtstag von Jonas

An seinem achtzehnten Geburtstag musste Jonas am frühen Morgen in das Büro der Heimleiterin „Anni Schulze"
Sie sagte, nun, lieber Jonas heute ist der Tag, an dem du das Heim für elternlose Kinder verlassen darfst. Ich übergebe dir den Schlüssel zu deinem Elternhaus, sowie einen versiegelten Umschlag deines Vaters Karl. Erfreut nahm Jonas Schlüssel und Umschlag zu sich und ging, ohne sich nur einmal umzudrehen. Zwölf Jahre ohne Mutter und ohne Vater. Vorschriften und Regeln, stündlich, täglich!
Jonas war voller Freude, dass dieser Alptraum nun zu Ende war.

Nach einiger Zeit erreicht er den Stadtpark, grüne Freude, in dem er drei Tage in der Woche kostenlos arbeiten musste. Jonas setzt sich auf die Bank, die vom Bürgermeister gestiftet wurde und auf einen Messingschild war zu lesen:

Gestiftet vom Bürgermeister unsere Stadt, für alle Werktätigen, um zur Ruhe und Erholung zu finden.

Jonas lächelte, denn er und seine Freunde durften nie auf dieser Bank Platz nehmen.

Alle Heimkinder waren auserwählt, den Park sauber zu halten und täglich in Schichten zu arbeiten, dass alles gepflegt und sauber ist! Eine sogenannte Regel besagte, dass dieses unbezahlte Tun ein Beitrag für ihren Lebensunterhalt wäre und die Heimkasse entlasten würde. Jonas dachte, es ist vorbei und vergangen, endlich frei. Hurra!

Ängstlich, doch voller Erwartung öffnet Jonas den versiegelten Umschlag seines Vaters Karl. Ein Brief des Vaters, ein sehr altes Buch mit dem seltsamen Titel Siebenland und ein Barscheck über Fünftausend Euro sind darin enthalten! Jonas ist überrascht, nimmt sich vor, Brief und Buch schnellstens zu lesen.

Natürlich steht an erster Stelle, das Haus, zu dem er einen Schlüssel hat, schnell zu erkunden. Da er finanziell mittellos ist, lässt er sich den Betrag, der vom Vater als Scheck an ihn bestimmt ist, bei der zuständigen Bank auszahlen. Als Jonas das Geld in Händen hält denkt er, das war ich ihnen also wert

Sofort fährt er mit der Bahn nach Kleinfeld, um das Haus seiner Eltern zu suchen. Anfragen bei Bewohnern des Dorfes werden teilweise laut lachend oder zynisch beantwortet. Du bist also der Erbe dieser verfallenen Bruchbude im Wald.
Na denn viel Spaß.

Trotz aller negativen Antworten begibt sich Jonas zum Haus der Eltern, in dem er einige Jahre als Kind gelebt hat. Dachziegel liegen zerstreut herum, Büsche wuchern an den Wänden. Der Eingang zum Haus ist von Efeu völlig zugewachsen. Jonas ist fassungslos über den Zustand seines ehemaligen Elternhauses. Im nahe gelegenen Schuppen findet Jonas eine alte verrostete Gartenschere, mit der er die Tür zum Haus von Efeu befreit und mit dem Schlüssel öffnen kann. Der Zustand im alten Haus erscheint noch recht ordentlich, obwohl manches verschimmelt ist und den Geruch des Todes verbreitet! Ein Sessel, der zum Sitzen einlädt, ist mittlerweile zum besten und bevorzugten Sitzplatz von ihm geworden.

Klar ist Jonas nicht begeistert, aber es ist die beste Sitzmöglichkeit, um den Brief und das alte Buch „Siebenland", das ihm sein Vater hinterlassen hat, zu lesen.

Um auch zu erfahren, weshalb er vor vielen Jahren von den Eltern alleingelassen wurde.

Zimmer mit Sessel im alten Haus!

Originalfoto von Tobias Balzer
(Wikimedia Commons)

Als erstes liest Jonas den Brief seines Vaters.....!

Geliebter Jonas !

Damals, als dein Großvater starb, fanden wir ein Buch über „Siebenland". Natürlich dachten wir, dass der Opa in Fantasien schwebt!

Aber als deine Mutter und ich das Buch gelesen hatten, waren wir voller Begeisterung und Euphorie! Es war auch die Rede von zwei Apparaten gleicher Bauart, mit derer Hilfe man Siebenland erreichen kann. Da ich wusste, dass dein Opa solche Apparaturen besaß, suchten wir diese. Es sind kleine Kästen mit einem Hebel.

Es stand geschrieben, dass man bei Betätigen des Hebels Siebenland erreicht. Deine Mutter und ich sind uns einig, dorthin zu gehen um Siebenland vom Fluch des Gran zu befreien.

Wir werden nun Dieses tun. Dir lieber Jonas lassen wir einen der Kästen zurück. Vielleicht hast auch du nach dem Lesen des Buches das Bedürfnis, Siebenland zu besuchen. Verzeihe uns, dass wir dich alleine lassen, aber wir können nicht anders.

Dein Vater Karl und deine Mutter Maria

Das Buch

Etwas enttäuscht über den Grund weshalb die Eltern ihn verließen, nimmt er trotzdem das Buch zur Hand und beginnt darin zu lesen.

Es handelt von König Gran, der zwei Söhne hatte, die beide Nachfolger von ihm, dem König, werden wollten. Siebenland war ein friedliebendes Land aus verschiedenen Völkern und Menschen, die gemeinsam in den sieben Landesteilen lebten.

Grasland, Waldland, Wüstenland, Klippenland, Wasserland, Höhlenland, und Bergland!

Die Söhne des Königs standen sich jedoch überaus feindlich gegenüber. Um seinen Nachfolger, den neuen König von Siebenland, bestimmen zu können, wurde beiden folgende Aufgabe gestellt: Durchquert alle Landesteile so schnell ihr könnt, beginnt im Grasland. Wer zuerst auf dem höchsten Berg des Landes steht wird der neue König und mein Nachfolger sein!

Beide stimmten zu, denn jeder von ihnen glaubte, der Beste zu sein. Das Drama begann, als sie sich im Klippenland trafen. Gnadenlos bekämpften sie sich, schlugen und traten auf sich ein. Irgendwann fielen die Söhne des Königs von der höchsten Klippe und starben. Als König Gran dies erfuhr, verfluchte er Land und Leute. Alles Essbare über der Erde soll giftig sein. Jedes Tier soll ab dem heutigen Tag ein Raubtier sein. Siebenland wurde nun zum ewigen Todland! Ein Pfahl soll zum Gedenken an meine Söhne auf dem höchsten Berg eingeschlagen werden. Der Würdigste unter euch wird einst den Pfahl entfernen und mein alleiniger Nachfolger sein. So sprach Gran, zog sich in seine Burg zurück und wurde seither von keinem mehr gesehen.

Nur manchmal lautes Wehklagen des Königs über den Verlust seiner Söhne. Doch irgendwann nur noch Stille.

Burg des Königs

Foto: Norbert Scheurig

Jonas reibt sich über die Augen, sagt Gedanken-
verloren, das kann doch alles nicht wahr sein.
Meine Eltern sind gegangen um Könige zu werden,
ließen dafür mich im Stich. Auch ich werde ins
Siebenland gehen, sie suchen um ihnen meine
Verachtung und Wut ins Gesicht zu schreien!
Zwölf lange Jahre bei Anni Schulze, ihren Regeln
und Verboten. Echt krass, aber ehrlich!
Plötzlich fällt ihm ein, dass er und sein Vater
damals im Keller hinter einem losen Stein ein
Versteck hatten. Sofort begibt er sich dahin, findet
den Apparat mit dem Hebel, der ihn ins Siebenland
bringen kann!
Jonas denkt nach. Zuerst will ich mich mit dem
Geld meines Vaters ausrüsten. Es wäre ein Fehler,
sofort meinen emotionalen Gedanken zu folgen,
den Hebel zu betätigen und danach darüber
nachdenken, was ich alles falsch gemacht habe.
Er fährt mit der Bahn in die nächst gelegene Stadt
zum Einkaufen. Klar, dass sich Jonas bewusst ist,
dass dieses Abenteuer eine gefährliche Sache wird.

Als erstes kauft er feste Kleidung und Schuhwerk.
Seile, Messer, Wasserflaschen, Kletterhilfen und
Lampen, die von Höhlenforschern benutzt werden.
Auch etwas Proviant in Form von Schokolade und
Knäckebrot vergisst er nicht!

Innerlich lacht Jonas, weil Knäckebrot im Heim jeden Abend für alle Heimkinder serviert wurde! Klar auch eine dünne Scheibe Wurst, etwas Käse und ein Klecks Margarine gehörten dazu.

Aus einer gewissen Laune heraus nimmt er einige Knall-Erbsen, Silvesterkracher und diverse Feuerwerkskörper mit. Auch Hammer, Schere, Nägel und Axt finden im Rucksack von Jonas einen Platz.

Jonas ist der Meinung nun alles zu haben was er für das Abenteuer Siebenland benötigt.

Foto : Hama GmbH & Co KG aus Wikimedia Commos

Grasland.

Foto von Dominicus Johannes Bergsma
aus Wikimedia Commons

Jonas fährt zurück nach Kleinfeld, begibt sich zum Haus und Versteck des Apparates. Respektvoll und etwas nachdenklich dreht den Hebel um, fühlt sich leicht wie eine Feder, schläft ein und erwacht auf einer Wiese mit hohem Grasbewuchs. Etwas orientierungslos erhebt er sich, erkennt, dass außer Gras auch Bäume und Sträucher vorhanden sind. Er begibt sich zu einem Apfelbaum, der mit wunderschönen rotbackigen Äpfeln behangen ist. Doch als Jonas einen der wunderbaren Äpfel pflücken will, hört er eine tiefe warnende Stimme,

Fass mich nicht an,
esse mich nicht,
ich bin Gift,
willst du sterben?

Fass mich nicht an,
esse mich nicht,
ich bin Gift,
willst du sterben?

Foto: Markus Hagenlocher aus Wikimedia Commons

Auch bei Sträuchern, die mit tollen roten Beeren
behangen sind, immer wieder dieselbe tiefe und
warnende Stimme.
Welch eine Kacke sagt Jonas und geht seines
Weges. Giftige Äpfel, giftige Beeren, ich glaube es
hackt, denkt er sich.
Wo bin ich hier nur gelandet, verdammt noch mal.

Ab und zu bleibt er stehen, untersucht einige große
Wasserpfützen, die eventuell gefährlich für ihn
werden können. Aus dem Erlebnis „Apfelbaum"
ist er sehr, sehr vorsichtig geworden.
Komisch, denkt Jonas, keine Vögel, keine
Insekten, nichts, einfach nur nichts! Er geht und
geht, ohne zu wissen, wohin er geht. Es erscheint
ihm alles unwirklich zu sein. Seine Gedanken
kehren zurück an die Zeit im Heim, als einige
seiner Kumpels mit dem Kiffen anfingen und
dachten, sie wären in einer Welt der absoluten
Freiheit. Ich bin nun ohne Kiffen frei. Im Gras, in
Wasserpfützen und tollen Äpfeln die sprechen. Der
Wahnsinn, ehrlich mal!

In der Ferne erkennt er ein kleines Männlein, das mit einem angespitzten Stock die Erde durchwühlt. Er geht zu diesem und sagt ich bin Jonas Falk, auf der Suche nach meinen Eltern. Das Männlein lacht, weil es im Boden zwei Kartoffeln gefunden hat. Es antwortet: „Ach du bist es", der Sohn von Karl und Maria, die uns vom Fluch des Gran befreien wollten, jedoch im Höhlenland verschwunden sind. Sie kamen sehr weit, doch keiner kann den Fluch von uns nehmen. Keiner bis in alle Ewigkeit. Sieh den Himmel, dunkel und düster. Sieh die Erde, fast unfruchtbar. Sieh mich, alt, mickrig und sehr hungrig.

Ja, ich bin Janosch, der zum Glück damals einen Brunnen gegraben hat, tief in der Erde stand, und vom Fluch des Gran verschont wurde. Er hat alles Leben, alles Glück und alle Zufriedenheit von uns genommen, dieser verdammte Idiot. Glaube keinem. Denn jeder würde dir den Dolch in den Rücken stoßen. Alle sind Feinde, selbst der Vater würde den Sohn verraten und der Sohn den Vater. Setz dich zu mir Junge. Hab keine Angst.

Ich erzähle dir, was nach dem Fluch aus uns und Siebenland geworden ist.

Auch sage ich dir, was auf dich zukommt, solltest du deinen schweren Weg weitergehen, um dein Ziel zu erreichen!

Nach der Wanderung durch das Grasland, das ich lange Zeit schon als Land der verdammten Gras-Fresser bezeichne, erreichst du das Waldland, wo selbst Tannenbäume Feinde sind. Dann wird das Wüstenland all deine Kraft rauben. Solltest du mit viel Glück im Klippenland ankommen, dort wo die Söhne des Gran ihr Leben verloren haben, wird das Wasserland deinem Leben, wie vielleicht bereits deinen Eltern, ein jähes Ende setzen.
Höhlenland und Bergland, solltest du es jemals erreichen, wird nur mit Zauber und Kampf gegen dich selbst zu überwinden sein! Sei dem gewiss.

Jonas antwortet, ich werde es schaffen meine Eltern zu finden, wenn sie noch am Leben sind. Ich werde sie fragen: „Warum habt ihr mich allein gelassen, im Heim von Anni Schulze"
„Warum nur, warum?"

19

Janosch nimmt Jonas in die Arme, sagt mit eindringlicher Stimme: „Höre mir nun zu, Jonas Falk, höre mir gut zu. Dein Vater, deine Mutter und du haben im Siebenland, als in allen sieben Teilen des Landes Friede, Freiheit, Würde und Gemeinschaft aller oberstes Gebot waren, das Licht des Himmels erblickt. Eines Tages wurde deine Familie erwählt, andere Welten zu erkunden!

König Gran schickte euch mit zwei Geräten als Botschafter auf den Planeten Erde, um zu erkunden, weshalb sich die Bewohner gegenseitig umbringen. Weshalb Kinder, die in unfruchtbaren Regionen des Planeten leben, hungern und im Elend sterben.

Weshalb einige ihr Essen in den Müll werfen, ohne nachzudenken, dass andere vor lauter Hunger schreien und sterben.

Weshalb Tiere in Massenzucht gehalten werden, nur um des Profites Willen.

Weshalb manche glauben, frei zu sein, aber nur Marionetten der Oberschicht sind!

Weshalb vom Tagwerk vieler nur wenige profitieren. Weshalb ist es dort so?

Fragen über Fragen lieber Jonas, die leider durch
den Fluch des Gran nie mehr beantwortet werden.
„Früher" bei uns, vor dem verdammten Fluch, war
alles anders. Wir lebten, arbeiteten in Freiheit und
Frieden. Wir waren sieben verschiedene Völker,
jedoch mit gemeinsamem Denken.
Es war bei uns völlig egal, ob man eine helle oder
dunkle Haut hat. Ob man einen Gott, die
wunderbare Natur oder einen tausendjährigen
Baum anbetet. So war es einst im Siebenland."

Jonas zeigt Janosch den Brief seines Vaters Karl,
sagt, dann hat er gelogen, sogar in seinem Brief an
mich hat er gelogen. Nein, sagt Janosch, er wollte
dich nicht der Gefahr unseres nun verfluchten
Landes aussetzen. Niemals hat er daran gedacht,
dass du ihm und deiner Mutter folgen würdest.
Obwohl er es ein wenig erhofft hat, da du sein
Sohn bist, ein echter Falkenstein.
Aber nun bist du da, mache das Beste daraus,
Kämpfe gegen eine Welt der Unterdrückung und
Falschheit, irgendwie!

Etwas verunsichert verabschiedet sich Jonas von Janosch, der ihm zwei Kartoffeln zum Geschenk macht. Jonas bedankt sich mit einer großen Tafel Schokolade, die Janosch mit Tränen in den Augen entgegen nimmt und sofort ein Stück davon in seinem Munde zergehen lässt. Danke, Freund Jonas und alles Glück der Welt, dass du deine Aufgabe erfüllen kannst, ich hoffe auf ein Wiedersehen.

Völlig anders denkend als vor einiger Zeit, hat Jonas nur das Ziel, seine Eltern zu retten. Bei seiner Wanderung durch das Grasland meidet er Dörfer und ihre Bewohner. Ab und zu gräbt er im Boden nach essbaren Wurzeln und Kartoffeln, die er auf kleinem Feuer gart und hungrig verzehrt. Doch irgendwann muss er in einem Dorf, den Wasservorrat erneuern. Kein öffentlicher Brunnen, nur ein Hinweis, dass bei Gerets Wasser gegen Essen getauscht werden kann. Er gibt gerne zwei seiner Kartoffeln und eine Rübe, für die er einen Liter Wasser erhält und in eine leere Flasche füllt. Einen weiteren Liter Wasser erhält Jonas für etwas Schokolade und Knäckebrot aus seinem Vorrat.

Jonas bemerkt auch viele neidische Blicke auf seinen gut gefüllten Rucksack. Er beschließt, mit aller Vorsicht die Nacht im Dorf zu verbringen und legt Feuerzeug und Silvester-Kracher zurecht.
Sein Nachtlager, das von Wanzen und anderem Getier übersät ist, richtet er, als ob er darin liegen und schlafen würde. Er aber versucht in einer Ecke des Raumes etwas zu schlafen. Doch bei jedem Geräusch schreckt er hoch. Das war aber kein Problem! Denn oft musste Jonas dies im Heim, aus Angst vor gewaltbereiten, älteren Bewohnern tun.
Wie erwartet dringen einige Dorfbewohner in sein Zimmer ein, um ihn zu berauben. Mit dicken Knüppeln schlagen sie auf das Bett, in dem sie vermuten, dass Jonas darin liegen würde.
Ein sogenannter explodierender Bombenschlag, den er zwischen die Beine der Angreifer wirft, beendet den Überfall. Wehklagend sowie mit geplatzten Trommelfellen verlassen die Diebe den Raum in dem er ruhen wollte.

Ohne weitere Zwischenfälle konnte Jonas bis zum frühen Morgen fest und sicher schlafen.

Danach verlässt er erhobenem Hauptes das Dorf, in dem man ihn berauben, sogar umbringen wollte. Hasserfüllte Blicke von einigen düster blickenden Gestalten mit verbrannten Gesichtern folgen ihm, bis er am Horizont für immer verschwindet.

Das alles wird heftig, denkt er sich, aber nun gut, ich wollte es so haben und bekomme es nun. Was mich nicht umbringt, macht mich nur härter. Voller Hoffnung geht er weiter in Richtung Waldland, das er schemenhaft in der Ferne erkennt.

Jonas schätzt, dass er etwa in zwei Tagen das Land des Waldes erreichen kann. Oft muss er sich mit Säge und Messer einen Weg durch das immer höher werdende Buschwerk bahnen. Er ist erfreut, dass er diese helfenden Werkzeuge mitgenommen hat.

Natürlich sind einige Pausen zwischen dem wilden Buschwerk notwendig. Jonas schnitzt aus dem Ast des im Wege stehenden Strauches einen langen Wanderstock, der ihm nun hilfreich auf seinem Weg durch das Gestrüpp etwas Sicherheit verleiht.

Der beschwerliche Weg zum Waldland.

Foto: Norbert Scheurig

Mit Glück und Geschick erreicht Jonas die Grenze vom Grasland zum Waldland. Da es bald Nacht wird, freut er sich, in der Ferne eine Hütte am Rande des Waldes zu sehen.

Waldland

Foto: Norbert Scheurig

Jedoch ein kleiner Fluss trennt ihn von der Hütte. Kein Problem, denkt sich Jonas, ich war im Heim der beste Schwimmer von allen. Sofort zieht er seine Kleidung aus, verstaut seine Kleidung im wasserdichten Rucksack und springt in den Fluss!

Etwa in der Mitte des Flusses zerrt mit gewaltiger Kraft etwas an seinen Füßen, will ihn nach unten ziehen. Was ist, verdammt noch mal, denkt er. Mit allen Mitteln, kämpft er gegen das unbekannte Etwas. Er erkennt, dass ein riesiger Fisch dessen Kopf einem Menschen gleicht, ihn unter Wasser ziehen will. Als aber eines seiner Beine frei ist, tritt er einige Male wuchtig auf den Körper der Kreatur, die sich nun nach Luft ringend entfernt. Erschöpft, mit pochendem Herzen erreicht er das Ufer des Flusses und sagt: „Geschafft."

Jonas legt sich schwer atmend auf den Boden, um etwas zu ruhen und neue Kräfte zu sammeln.

Was tu ich hier, denk er. Erst im Heim, dann im verdammten Siebenland. Ich glaub, ich spinne! Sollte ich je zurück kommen, darf ich das alles keinem erzählen, sonst lande ich in der Psychiatrie!

Nach einiger Zeit der Ruhe begibt sich Jonas zu der nah gelegenen Hütte. Von einem seltsamen Gefühl erfasst öffnet er die Tür.

Zarte und einschmeichelnde Töne dringen an seine Ohren. Komm herein Jonas, komm herein!

Er aber wirft die Türe ins Schloss, denkt, solche Musik mag ich nicht, ich bin Metallica-Fan und brauche solch ein Gewürge nicht!

Das rettet ihm seine Gesundheit oder sogar sein Leben. Denn kurz danach geht die Hütte in Flammen auf und brennt bis auf den Boden nieder. Leck mich an der Tüte sagt Jonas, ich hoffe, dass mein Glück auch weiterhin anhält.

Nun gut, dann schlafe ich draußen, irgendwie werde auch ich zur Ruhe kommen. Er legt sich auf den nackten Boden und schläft sofort ein. In der Frühe wird er von unerträglichem lautem Quaken geweckt. Mühsam öffnet Jonas die Augen, sieht, dass er von vielen hundert Kröten umrundet ist, die näher und näher kommen! Kurz entschlossen entnimmt er seinem Rucksack einige seiner Knallerbsen, wirft sie unter das Krötenvolk, die nach dem Knall in Panik flüchten.

Foto: Grey Geezer
aus Wikimedia Commons

Drei dieser Tiere, die bereits auf der Brust von
Jonas sitzen und ihn anstarren, packt er einfach
kurz entschlossen in die Seitentasche seines
Rucksacks. Vielleicht können sie irgendwann eine
Hilfe auf der Suche nach den Eltern sein. Hier ist
alles möglich, wer weiß was noch kommt.

Vielleicht werden es wunderschöne Prinzessinnen oder Hexen, denkt Jonas und lacht laut voller Freude.

Doch nun ist es an der Zeit, einen Weg zu finden der vom Waldland ins Wüstenland führt. Jonas vergisst nicht, all seine Wasserflaschen am Fluss bis zum Rand aufzufüllen. Dies wird ihm bald sein Leben retten.

Sein Weg durch das Waldland war ein schwerer Weg. Bäume bewarfen ihn mit Ästen, denen er oft nicht ausweichen konnte. Sein Gesicht blutet aus vielen Kratzern und Wunden .Sein Körper ist durch die Kleidung geschützt. Doch viele blaue Flecken bereiteten Jonas erhebliche Qualen. Auch viele Insekten, die nun in Schwärmen über ihn herfallen sind unerträglich, große rote Ameisen verfolgten Jonas, kriechen unter seine Kleidung und fügten ihm Schmerzen zu.
Plötzlich steht ein hirschartiges Tier mit riesigem Geweih und auf gerissenem Maul vor ihm, senkt den Kopf und stürmt auf ihn zu.
Im letzten Augenblick weicht Jonas wie ein Torero zur Seite so dass, das Tier und sein Geweih nicht ihn erwischen sondern eine Tanne, vor der er steht! Mal wieder Glück gehabt, denkt Jonas.

Mit schmerzvollem Brüllen und gebrochenem Geweih entfernt sich das riesige Tier. Jonas sammelt die abgebrochen Teile des Geweihs ein, verstaut alles im Rucksack und geht wachsam weiter. Obwohl seine Beine schmerzen, immer weiter und weiter. Irgendwann jedoch, verwischte plötzlich helles Licht die Düsterheit des Waldes. Er sieht und erschrickt vor der Weite der Wüste, die es nun zu durchqueren gilt. Warum das alles denkt er, könnte nun im Kleinfelder Freibad liegen und das Geld meines Vaters auf den Kopf hauen. Wenn alles weg ist für acht fünfzig pro Stunde in Wolfenheim Fahrzeuge fürs Volk montieren.

Nur Sand, Sonne, die erbarmungslos alles Leben auf der Oberfläche vernichtet. Wie kann ich die Klippen erreichen? Fast unmöglich, denkt Jonas, ich werde dort gebraten, brauche mehr Wasser, aber es wird in den Gefäßen kochend heiß sein. Auch die Kröten in der Seitentasche meines wunderbaren Rucksacks werden qualvoll sterben.

Ich lasse sie frei. Zwei Tiere verschwinden sofort. Eine Kröte aber bleibt und begibt sich zum Platz einiger fast verdorrter Kakteen.
Nach kurzer Zeit beginnt sie, im Sand zu wühlen! Jonas folgt ihr und hilft beim Graben mit. Da, ein Rinnsal Wasser wird zur kleinen Pfütze. Er füllt einige Wasserflaschen bis zum Rande auf.

Dadurch scheint es möglich, mit Hilfe der Kröte das Wüstenland durchqueren zu können. Das Krötentier, das zum Freund wird, kann Wasser unter dem gelben heißen Sand riechen. Das ist es, denkt Jonas, so schaffe ich es, auch dieses tote, unwirkliche Wüstenland hinter mir zu lassen. Essen habe ich zum Glück noch genug für mich und meinen Freund „Kröte".
Das Abenteuer Wüste beginnt, wir werden es schaffen, irgendwie! Hoffe ich. Jonas stapft unermüdlich durch den Wüstensand, denkt an damals, als er und die anderen Heimkinder drei tolle Tage an der Ostsee verbringen durften.
Seine Schuhe füllen sich mit dem Sand der Wüste. Egal sagt er sich, denn lieber Sand in den Schuhen, als barfuß zu gehen.

Er grinst in sich hinein, denkt wenn ich je heim komme, werde ich Dichter oder schreibe manche Geschichten, zum Beispiel: „Heißer Sand und kühles Wasser" oder „Viel Wasser in der Wüste".

Jonas setzt sich in nieder, lässt den feinen, sehr heißen Sand durch die Finger rinnen. Er denkt an seine Eltern. Wo werden sie nun sein? Sind beide noch am Leben? Sehe ich sie wieder?
Viele Fragen, keine Antworten, nur quälender Durst. Damals im Heim hätten wir statt Wasser gerne Cola getrunken. Heute würde ich für ein Glas mit kühlem Wasser alles Cola der Welt geben. Glaubt mir das, denn so ist es.
Aber am nächsten Tag können sie noch etwas Wasser in ihre Flasche füllen. Über Nacht wurden aus den Tropfen des von Fritz gefundenen Nasses einige Schlucke gesammelt. Aber wie will man den Weg durch die Wüste mit gerade einmal einer halben Feldflasche voll Wasser überstehen?

Wüstenland

(Foto: Rui Ornelas, Wikimedia Commons)

Nach dem letzten Schluck des warmen Wassers
zwingt sich Jonas immer wieder, weiter und weiter
zu gehen. Plötzlich wird aus Helligkeit dunkle
Nacht. Eisige Kälte nagt in seinem Gesicht. Jonas
legt sich auf den Sandboden bedeckt sich mit einer
Decke, die gegen Kälte schützt. Sogar die Kröte,
die von ihm den Namen „Fritz" erhalten hat, findet
dort einen wärmenden Platz. Vor dem Einschlafen
denkt er, ein Mann und eine Kröte, der absolute
hammerharte Knaller. Nie im Leben wird dies wer
auch immer glauben, man wird sagen, der Kerl ist
wahnsinnig. Als beide am frühen Morgen
erwachen, bemerken sie, dass Besuch eingetroffen
ist. Kleine Wellen im Sand umrunden sie in
rasender Schnelligkeit. Jonas fasst zu, erwischt
einen kleinen Wurm, der sofort von Fritz
genüsslich verspeist wird. Doch es werden immer
mehr! Was tun? Jonas nimmt aus seinem Rucksack
ein Stück vom Geweih des Tieres, das einer
Schaufel ähnelt. Damit unterbricht er den Kreislauf
der rasenden Würmer, die nur im Sand der Wüste
 überleben können.

Bei Tageslicht und Hitze würden sie in kurzer Zeit verdorren. Jonas und Fritz graben sich, so gesehen in Freiheit.

Weg der Wüstenwürmer!

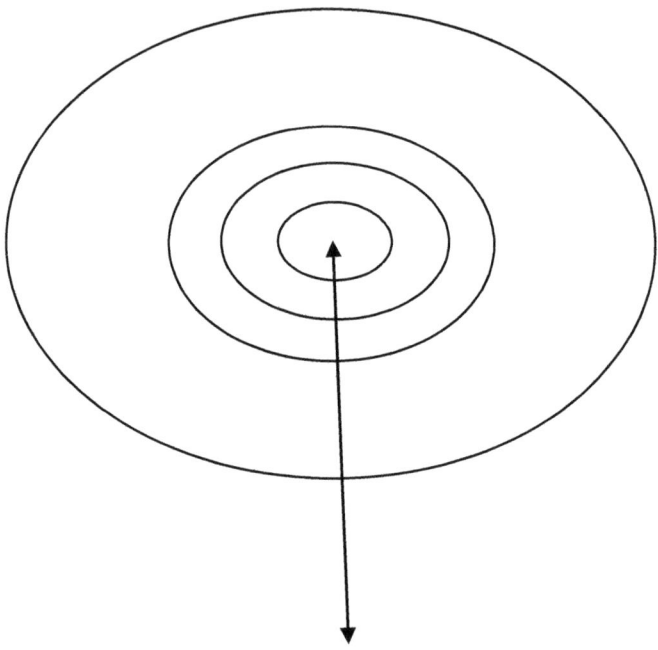

Jonas und Fritz graben sich von ihrem Schlafplatz in Freiheit!

Beide wandern nun weiter, um die Wüste endlich hinter sich zu lassen. Nein, nur Jonas wandert, Fritz hat es sich auf seiner Schulter gemütlich gemacht.

Nach einigen Tagen geht ihr Wasservorrat zur Neige. Fritz die Kröte, die Wasser im Boden mit dem Geruchsinn finden kann, ist plötzlich verschwunden. Jonas ist nun leider wieder allein. Ein Freund hat ihn verlassen. Schade, denkt Jonas, vielleicht war dies alles nur ein schöner Traum. Sollte ich das alles überleben, verfasse ich ein Märchen von dem Mann und der Kröte, ehrlich ich schwöre es.

Nach vielen Stunden klebt seine Zunge am Gaumen. Seine Lippen platzen auf. In der Ferne erkennt er einen Brunnen, zu dem er kraftlos taumelt, aber nie erreicht! Flüsse und Seen erscheinen vor seinen Augen. Klares, kühles Wasser, nichts, nur Sand und Wüste! Jonas fällt zu Boden, schläft und vergisst seine Aufgabe! Das war es dann wohl, Ende, Amen. Aus!

In der Nacht, spürt er ein feuchtes Etwas in seinem Mund, das ihm einige Tropfen Wasser zuführt. Seine Zunge löst sich vom Gaumen. Mehr, denkt Jonas, mehr! Er erwacht aus dem todesähnlichen Halbschlaf. Es ist Fritz. Hurra, Fritz, Danke, danke, danke. Ein weiterer Schluck Wasser, den er von Fritz erhält, erweckt ihn zu neuem Leben. Wahnsinn, denkt er, verrückt. Fritz mein Freund die Kröte und ich, Verrückt.

Jonas folgt nach einer kleinen Pause Fritz. Ein Tag voller Entbehrungen, ein Tag ohne Hoffnung, dann sieht er in der Ferne eine Oase. Wasser, Feigenbäume, Datteln! Das Problem ist, dass diese von einigen schwerbewaffneten Kriegern bewacht wird.

Fritz, der von den Männern nicht bemerkt wird, schleicht sich zum Wasserloch, saugt sich mit Wasser voll, kehrt zurück und füllt eine der Flaschen von Jonas.

Dadurch rettet er ihn vor dem schlimmen Tod durch Verdursten. Jonas glaubt, im Märchen zu sein, zu träumen oder bereits verrückt zu sein. Eine Kröte, die denkt! Unmöglich. Ich glaub ich geh am Stock. Ehrlich mal!

Bevor es Nacht wird, steckt Jonas einige Silvester-Raketen in den Sand, verteilt Luftheuler und Kracher, wartet die Dunkelheit ab, entzündet das alles! Die Bewacher der Oase fliehen in Panik. Voller Angst werfen sie ihre Waffen weg und rennen im heillosen Durcheinander schnell weg. Ein böser Zauber, rufen sie. Der Tod kommt, schnell weg. Jonas lächelt über die Wirkung seines Feuerwerks. Endlich Wasser, Früchte und Essen! Zufrieden geht er mit Fritz zum Nass des Lebens.

Komisch, denkt Jonas, dass hier nichts vergiftet ist. Er erkennt jedoch auf einem Stein ein Siegel, das in dem Buch „Siebenland" als Siegel des Königs Gran dargestellt ist! Es war die Oase des Gran, der sich anscheinend nach dem Fluch nicht nur in seiner Burg befand, sondern auch hier. Fritz und Jonas erholen sich einige Tage von den Strapazen ihres gemeinsamen Weges. Doch er bemerkt, dass sein Freund „Fritz die Kröte" oft für längere Zeit verschwunden ist.

Am Abend sieht Jonas am Rande des Wasserloches einige andere Kröten, bei denen sich Fritz befindet.

Ihm wird klar, dass er nun seinen weiteren Weg ohne Fritz fortsetzen muss.
Noch einmal kehrt Fritz zurück, hüpft auf seine Schulter und schmiegt sich an sein Gesicht.
Abschied! Jonas streichelt mit einem Finger über den Rücken seines Freundes, der sich dann schnell entfernt. Danke, Kröte Fritz, dass ich erkennen durfte, was Freundschaft ist. Im Heim von Anni Schulze gab es Freundschaften, die eigentlich gar keine waren!

Mit gefüllten Wasserflaschen und voll gestopftem Rucksack setze Jonas seinen Weg durch das Wüstenland fort. Aber wohin, kein Plan, nichts.
Eines Morgens sieht er in der Ferne Erhebungen die nach seiner Meinung riesigen Klippen ähneln. Der Erdbewuchs wird mehr und mehr. Sträucher und Büsche höher und höher. Der Gedanke, das Klippenland bald zu erreichen, beflügeln ihn schneller und noch schneller zu gehen. Er erreicht müde und fast kraftlos die Grenze vom Land der Wüste zum Klippenland.

Klippenland

Foto: Osingar
(Wikimedia Commons)

Ich bekomme einen Anfall, denkt Jonas, als er die Klippen deutlich erkennt. Da bringt mich kein Schwein rauf! Nee ehrlich, das ist gewaltig! Die Kletterwand im Heim war dagegen ein winziges Ding!

Aber ich muss es versuchen, unbedingt. Es geht um meine Eltern, die ich finden will. Jonas ist froh, ein Seil mitgenommen zu haben, aber ich bin kein Cowboy mit einem Lasso. Da bald die Nacht hereinbricht sucht sich Jonas einen Platz zum schlafen, unterhalb der gezackten Felsen. In einer Vertiefung, geschützt vor Nässe und Kälte, bereitet er sein Nachtlager! Datteln und Feigen, die er von der Wüstenoase mitgenommen hat und den Rest einer Rübe schlingt er in sich hinein. Als Dessert ist ein Knäckebrot der tolle Abschluss seines guten reichhaltigen Mahles. Er träumt von einem halben Hähnchen mit Pommes und Ketchup, das es im Heim immer an Ostern und am Weihnachtsfest gab. Jonas schläft in dieser Nacht, ohne besondere Ereignisse, tief und fest bis zum frühen Morgen.

Als er voller Energie erwacht, zwei Feigem und eine Dattel frühstückt, befestigt er den mitgebrachten Hammer am Seil, wirft und wirft. Nach etlichen Versuchen klemmt der Hammer zwischen den Steinen. Jonas hangelt sich nach oben. Jedoch hat er erst ein Fünftel der Strecke erreicht. Einige weitere Meter kann er ohne Hilfsmittel nach oben klettern. Doch dann ist der Punkt erreicht, an dem es unmöglich ist, weiter hoch zu kommen. Plötzlich sieht er auf der linken Seite des gewaltigen Felsens eine alte Strickleiter, die eventuell in früheren Zeiten eine Hilfe für all jene war, um den oberen Rand zu erreichen. Jonas prüft, ob das alte Ding auch für ihn hilfreich sein könnte. Er ist sich absolut nicht sicher, ob dies alte morsche Gelumpe ihn trägt und ihm hilft, den Rand zu erreichen. Was soll es, denkt Jonas und begibt sich auf den lebensgefährlichen Weg nach oben.

Doch kurz vor dem Ziel reißt eine Seite der Leiter, geistesgegenwärtig umklammert er den noch bestehenden Teil, der nach unten hängenden und brüchigen alten Strickleiter.

Mit all seiner Kraft zieht er sich hoch, umklammert den Fels, schafft es tatsächlich auf der schmalen Kante der Klippe problemlos liegen zu können. Auf dem Bauch kriechend kann Jonas nun den sicheren Teil der gezackten Oberfläche erklimmen. Verdammt, denkt er, auf was habe ich mich nur eingelassen. Als er sich erhebt stehen plötzlich einige zerlumpte Gestalten vor ihm. Er fragt, was wollt ihr, sie lachen und sagen, dass er ihnen folgen soll, denn sonst würden sie ihn dahin befördern wo er herkam! Als einer von Ihnen seinen Rucksack nehmen will, schlägt Jonas ihn mit einem gezielten Karateschlag zu Boden, freut sich diese Kampfsportart im Heim erlernt zu haben. Sofort knien sich die anderen andächtig zu Boden, singen mit krächzenden Stimmen,

er ist da, er ist da, endlich ist er da. Er ist da …….!

Jonas Falk glaubt zu träumen, wo bin ich nur, ich glaube ich spinne, kneift sich in den Arm, um zu erkennen ob er wach ist. Irritiert fragt er, wer ist da? Ich sehe keinen.

Die Antwort der Zerlumpten war für Jonas
unbegreiflich, da er immer der Meinung war, Jonas
Falk aus Kleinfeld zu sein. Es wird ihm schwindlig
als er das weitere Singen vernimmt.

Er ist da, er ist da, endlich ist er da. Er ist da,
er wird steigen auf den Fels und fliegen wie ein
Falke!
Wie es in unserem Buche steht.
und endlich unser Leid vergeht,
Einst war sein Name Falkenstein,
bei uns im Klippenland daheim.
er ist da, er ist da, endlich ist er da. Er ist da.

Wie das Feuer wird er kommen.
über Übel hier im Land.
Der Fluch des Grans wird bald genommen,
Graf Falkenstein ist nun im Land
er ist da, er ist da, endlich ist er da. Er ist da.

Als Jonas den Singsang hört, kneift er sich zum wiederholten Male in den Arm, fragt sich ob er wach ist, oder unter den Klippen liegt und träumt. Der von ihm Niedergeschlagene kniet vor ihm nieder, bedankt sich, dass er es sein durfte, was im heiligen Buch der Klippaner, seit vielen Jahren prophezeit wird! Mein Name Helgun van der Klipp wird nun in der Geschichte des Klippenlandes auf immer und ewig bestehen!

Jonas ist es schon etwas komisch zumute, aber er folgt den mittlerweile friedlichen Männern. Nach einiger Zeit sieht er das Chaos, viele mit alten Fischernetzen behangene und sehr zerfallene Hütten. Alle Bewohner tragen einen Kopfschutz, was Jonas etwas erstaunt. Er kann keinen Grund für das Verhalten der Leute sehen.
Sofort kommt ein Mann zu ihm, verbeugt sich artig und stellt sich als Bürgermeister des chaotischen, verfallenen Dorfes vor! Als er mit Singen beginnen will, unterbricht Jonas dies und fragt was Sache ist.

Ich bin Mattes Stein, Bürgermeister des Dorfes Hohfels, das in den alten Zeiten der Stolz des gesamten Klippenlandes war. Sieh selbst was aus diesem Stolz geworden ist.

Viele Kämpfe und Kriege kosteten den Bewohnern unseres Landes das Leben. Wir alle hier sind die Letzten! Doch der Schrecken nahm kein Ende. Möwenähnliche Vögel mit Schnäbeln scharf wie Dolche fallen immer wieder über uns her. Wer sich nicht in Sicherheit bringt wird von ihnen zerhackt. Selbst unsere Häuser werden mit jedem Besuch dieser grässlichen Vögel stark beschädigt. Nicht mehr lange, dann wird es mit uns vorbei sein! Jonas fragt, warum tut ihr nichts? Was sollen wir denn tun? Sie kommen meist einmal pro Woche und attackieren uns, verdammt noch mal!

Sie kommen, sie kommen, schreit einer der Dorf-Bewohner. Schnell, bringt euch in Sicherheit. Alle rennen zu ihren verfallenen Hütten und suchen Schutz. Viele hundert Vögel besetzen die Reste der Dächer, hacken wie verrückt darauf ein. Zum Glück verfangen sich mehrere in den Netzen die über jedes Dach gelegt wurde.

Manche der Tiere jedoch durchbrechen das Hindernis, fügen mit ihren dolchartigen Schnäbeln den Insassen große schmerzhafte Wunden zu.

Auch Jonas versucht, die Angriffe von drei Vögeln mit einem Messer abzuwehren, die ihm viele blutende Wunden zufügen.

Nach etwa zwanzig Minuten ist der Spuk vorbei. Alle Angreifer fliegen plötzlich wie durch ein geheimes Signal weg. Jene, die sich im Netz selbst erdrosselt haben werden eingesammelt.

Der Kommentar von Helgun van der Klipp sind zwei Worte: „Viel Essen"

Klar, die Menschen des Klippenlandes müssen essen, auch deshalb, weil im Boden keine essbaren Wurzeln vorhanden sind! Jonas denkt, der Wahn! Meine Güte. Es muss etwas getan werden, diese Menschen ergeben sich ihrem Schicksal einfach so hin. Da er in seinem Erdkundebuch las, wie die Menschen rund um das Mittelmeer erfolgreich Trockenmauern gebaut haben, ruft er den Bürgermeister Mattes zu sich, erklärt was dringend zu tun ist.

Als erstes graben wir eine Vertiefung mit den Maßen 10 mal 10 Meter und 1 Meter tief in den weichen Boden neben euren Behausungen. Dann errichten wir Mauern mit Steinen, die zur Genüge vorhanden sind, um das ausgegrabene Quadrat.

Danach belegen wir unser Werk mit den noch heil geblieben Balken eurer zerfallenen Hausdächer, Steinplatten, die überall zu finden sind, werden überlappend auf den Balken verteilt. Den Eingang zu der nun sicheren Unterkunft wird mit den besten Netzen, die noch vorhanden sind abgesichert.

Um sicher zu stellen, dass auch einige der Vögel gefangen werden können, errichten wir rund um das Steinhaus Fangnetze die wir an alten Brettern eurer Häuser befestigen. Weiterhin habe ich in einigen Häusern Kisten mit Maiskörnern und anderem Samen entdeckt, die in die Erde gelegt werden, um zu wachsen und euch zu sättigen!

Alle arbeiten schwer, innerhalb von drei Tagen ist es vollendet. Anton ein zwölfjähriger Bub sagt, nun bewerfen wir die Mauern mit dem zähen Schlamm, aus der Grube, die ich vor kurzer Zeit entdeckt habe! Gesagt, getan!

Foto: Kreuzschnabel
aus Wikimedia Commons

Sie kommen, sie sind wieder da, schnell begeben
sich alle in das neue Steinhaus, verschließen die
Tür mit dreifachen Netzen.
Bei vielen der Mordvögel brechen die Schnäbel,
als sie versuchen die Steinplatten zu durchschlagen
viele, ja sehr viele bleiben in den Netzen hängen!
Nach wenigen Minuten sind sie verschwunden.
Klar, dass jene, die in den Netzen gefangen
wurden, nie mehr den Menschen des
Klippenlandes arge Verletzungen zufügen können.
Der Neuanfang wurde von Jonas Falk eingeleitet.

Beim Festmahl mit gebratenen und zerlegten
Vögeln erhebt sich Jonas Falk, der von allen nur
noch mit Graf Jonas von Falkenstein angesprochen
wird. Er spricht folgende Worte die in die
Geschichte des Klippenlandes eingehen werden
und niemals mehr vergessen werden.
Schon jetzt tosender Beifall von den langhaarigen
und bärtigen Gestalten. Jonas beginnt wie folgt.

Liebe Freunde des Klippenlandes!

*Als erstes sage ich, kürzt eure Haarpracht und
eure Bärte, mit den scharfen Schnäbeln derer, die
euch lange Zeit Qualen zufügten, um wieder ein
menschliches Angesicht zu haben. Baut auch
weiterhin Häuser aus Stein! Steht bei Gefahren
zusammen und helft euch gegenseitig.*
*Ich werde euch nun verlassen, um zumindest meine
Eltern zu finden. Sollte ich aber meine Aufgabe
erfüllen, dir mir anscheinend zugedacht wurde,
werde ich zu euch zurückkehren!*
Bis dann, irgendwann, liebe Freunde,

Helgun van der Klipp erhebt sich, sagt, ich begleite
dich bis zum Rande des Klippenlandes.
Jonas antwortet, so soll es sein, mein Freund

Kurze Zeit später verlassen Jonas und Helgun das Dorf Hohfels in Richtung Wasserland, vorbei an verlassenen Gehöften und vergessenen Steinen. Heldentaten zum Wohle des Siebenlandes wurden in Stein gemeißelt und im ganzen Lande verteilt. Auch der Name Falkenstein ist oftmals zu lesen. Als nach Stunden der Wanderung ihr Magen knurrt, setzen sich die beiden nieder, verzehren gebratene Teile der wilden Vögel. Sogar die letzten Scheiben Knäckebrot finden in den Mägen von Helgun und Jonas ihre letzte Ruhe. Gesättigt legen sie sich nieder um etwas zu schlafen.

Wilder Flügelschlag und Kreischen weckt sie aus dem Schlaf. Vögel mit zerbrochenen Schnäbeln attackieren sie, ohne die beiden zu verletzen. Helgun ergreift fast alle und dreht ihnen den Hals um. Er sagt, nur Proviant, dreht sich zur Seite und schläft weiter. Halbes Hähnchen ohne Pommes und ohne Ketchup denkt Jonas, auch gut.

Er erwacht am frühen Morgen vom Duft gebratenen Fleisches, sein neuer Freund brät bereits auf offenem Feuer zwei der erlegten Vögel, die von beiden schmatzend verzehrt werden.

Lagerfeuer von Jonas und Helgun

Foto: Dirk Beyer Wikimedia Commons

Nach einigen Tagen erreichen sie die Grenze vom Klippenland zum Wasserland. Helgun sagt, wir sind da. Versuche, am Rande der Klippen ein wassertaugliches Etwas zu finden. Ich kehre nun um. Alles Gute auf deinen weiteren Weg! Er dreht sich um und geht ohne weitere Worte!

Wasserland

Foto CerryX Wikimedia Commons

Wasser, nichts als Wasser, denkt Jonas, eigentlich ist meine Reise hier zu Ende. Was soll es, wer nicht wagt, nicht gewinnt! Ich werde versuchen runter zu kommen, vielleicht gibt es dort unten einen Strand. Ein Bad hätte ich auch mal wieder nötig, ich rieche wie eine Jauchegrube. Ehrlich! Er verlässt den Platz, da hier ein Abstieg absolut lebensgefährlich wäre. Bald findet Jonas zwischen den hohen Felsen einen treppenartigen Weg, der nach unten führt. Menschliche Stimmen wecken ihn aus seinen Gedanken. Sofort versteckt er sich in einer Nische seitlich des Weges. Fünf Männer mit Haken und Dolchen bewaffnet, gehen einige Meter an ihm vorbei. Jonas wagt kaum zu atmen. Nach einiger Zeit verlässt er sein Versteck, schleicht nach unten zu Strand und sieht ein Boot mit Segeln, das mit einem dicken Seil an einem Stein befestigt ist. Herz, was willst du mehr, denkt Jonas, ein Boot, Glück oder was auch immer. Er stapft durch Sand und Wasser, schwingt sich mit einem Klimmzug ins Wassergefährt. Als er mit seinem Messer das Halteseil durchtrennt, und sich schnell vom Strand entfernt, rennen die Besitzer laut schreiend hinterher. Wieder mal Dusel gehabt murmelt Jonas voller Erleichterung! Nur blöd, sagt er sich, dass ich vom Segeln keine Ahnung habe.

Das von ihm entwendete Boot treibt nun leider steuerungslos auf der Wasseroberfläche. Egal, denkt er sich, wird schon gut gehen. Trotzdem erkundet er von vorn bis hinten und von oben bis unten sein Gefährt, mit dem er das Höhlenland erreichen will.

Ich glaub mein Schwein pfeift, sagt er sich als er drei gefesselte und geknebelte Mädchen am vorderen Rand des Bootes sieht. Ohne Erfolg kneift er wieder in seinen Arm. Es ist real. Sofort entfernt Jonas die Knebel der drei Mädchen und fragt, wer seid ihr? Eine antwortet, Ich bin Nora, dies sind meine Schwestern Helma und Grit. Wir sind die Töchter von Barone Altan, Herrscher des Höhlenlandes. Wir wurden von den Vasallen des Leon entführt. Man wollte uns von der höchsten Klippe stoßen, um einen Krieg zwischen den Höhlanern und dem Wasservolk zu provozieren. Aber wer bist du, unser Retter?

Ich bin Jonas Falk, der Depp des Siebenlandes, auf der Suche nach meinen Eltern, die hier scheinbar als Graf und Gräfin Falkenstein gehandelt werden!

Oh je, sagt Nora, einst waren Karl und Maria von Falkenstein die besten Freunde meines Vaters Altan, aber nach dem Fluch des Gran ist nichts mehr, was einst war. Sie sind gekommen, um dem Fluch ein Ende zu setzen, aber unser törichter Vater hält sie in der Höhle des Vergessens schon lange Zeit gefangen! Wir drei können jedoch das Boot steuern und bringen dich zu Altan. Jonas entfernt die Fesseln der Mädchen und sagt, macht schnell. Ich möchte eurem Vater gewaltig in den Hintern treten. Nora sagt, es wird nicht leicht, den Häschern des Wasserlandes zu entkommen. Kein Problem, war die Antwort von Jonas, ich habe für Leon noch einige Überraschungen bereit. Wobei ihm klar wird, dass es nicht mehr viele sind. Nora und Jonas sehen sich immer wieder an und lächeln sich zu. Es scheint, dass beide sich toll verlieben, was hier seit langer Zeit verboten ist.

Auf der Flucht!

Öl auf Holz von H. Hulk

Am frühen Morgen sehen sie ihre Verfolger. Nora und ihre Schwestern steuern das Boot in Richtung Höhlenland. Durch ihre schnelle Fahrt wird ein Fass mit Süßwasser über Bord geschleudert. Alles gut sagt sie, wir haben noch genug Fässer von dem köstlichen Nass. Jonas schwänzelt wie ein verliebter Gockel um sie herum.

Doch die Verfolger nähern sich immer mehr. Nora schaut Jonas an, sagt und nun bist du an der Reihe. Tu was, tu endlich was. Kein Problem, lass sie kommen, antwortet Jonas, wirft seine drei letzten Bombenschläge in die Boote der Verfolger, die ihnen bereits sehr nahe kamen. Als aber noch eine Silvesterrakete am Himmel explodiert und der Funkenregen auf sie herabfällt, geben die Verfolger entnervt auf. Nora und Jonas umarmen sich, ihr erster Kuss ist gewaltiger als jegliches Feuerwerk!

Helma und Grit lächeln sich an und sind beide der Meinung, es hat gefunkt bei den zwei, doch Altan wird nicht erfreut sein. Er wird mit allen Mitteln versuchen, dies zu verhindern.

Doch er kennt seine Tochter!
Nora wird für ihre Liebe kämpfen wie ein Löwe.
Nun gut, man wird sehen und erkennen!

Nach zwei Tagen langen Tagen und Nächten ohne
weitere Ereignisse erreichen sie in Begleitung
einiger Delfine wohlbehalten das Höhlenland.

Höhlenland

Foto: aus Wikimedia Commons, gemeinfrei

Begeistert werden sie empfangen und sofort zu Altan geführt, der sie plötzlich freudig umarmt. Verwundert sehen sich die drei Mädchen an. Das hat er noch nie getan, was ist nur geschehen? Er verspricht Jonas Reichtum für die Rettung seiner Töchter, bemerkt aber, dass sich Nora und Jonas an den Händen halten! Sofort verdüstert sich seine Miene. Alles kannst du haben, aber keine meiner Mädchen. Du bist ein Winzling, ein Nichts! Ich, Altan, kann dich zertreten wie eine Wanze! Ich bin euer Herr, sagt er mit leuchtenden Augen. Nein, Vater, sagt nun Nora, seit dem Fluch des Gran bist du zu einem alten widerlichen Despoten geworden, der selbst seine ehemaligen besten Freunde gefangen hält. Jonas hat mir die Augen geöffnet. Sei endlich wieder ein Vater, der du früher einmal warst. Solltest du weiterhin ein Besessener sein, werden ich, Helma und Grit dich verlassen. So wahr wir die Tochter von Barone Altan sind! Ich glaube, dass der Fluch nur eine Ausrede von euch allen ist, weil ihr selbst König werden wolltet, aber nicht den Hintern in der Hose hattet, die Aufgabe zu lösen! Aber ehrlich mal. Jonas meldet sich zu Wort, nein, Altan, ich bin kein Nichts, den man wie eine Wanze zertreten kann. Ich bin Jonas von Falkenstein, Sohn von Karl und Maria, liebe deine Tochter Nora und erwarte, dass meine Eltern unverzüglich aus der langen Gefangenschaft freigelassen werden. Denn du Altan bist ein Nichts, dem ich gerne heftig in den Hintern treten würde.

Sofort nähern sich zwei große muskelbepackte Kämpfer aus der Wachmannschaft des Barons, die aber von Jonas mit gezielten Karateschlägen ins Reich der Schlafenden geschickt werden. Altan, dessen Gesicht sehr bleich geworden ist, weicht zurück, doch Jonas hält sein Versprechen und tritt ihm in den Hintern. Verdammt, denkt er, das hat außer Karl, in unseren Kindertagen, noch keiner gewagt, mir, dem Herrscher des Höhlenlandes in den Allerwertesten zu treten. Aber er könnte der richtige für Nora sein, was ich aber „NIE" zugeben werde. Vielleicht waren wir, die Grafen der sieben Landesteile, nach dem Tod der Söhne des Königs zu gierig, sein Nachfolger zu werden. Er hat das erkannt und uns mit dem Fluch bestraft.

Die energische Stimme von Jonas weckt Barone
Altan aus seinen Gedanken. Nun sage mir, wo sind
meine Eltern, führe mich zu ihnen, schnell oder
muss ich mit Tritten helfen?

Altan gesteht nun, der Fluch hat uns allen die
Würde genommen, ich halte den besten Freund
und seine Frau gefangen. König Gran nahm nach
dem Tod seiner Söhne auch uns das Leben. Ich
erkenne das nun und hoffe, dass es für mein
Erkennen nicht zu spät ist. Nora nimmt den Vater
in die Arme und sagt, wir alle sind schuldig, nicht
nur du. Gib nun dem Vater und der Mutter von
Jonas Freiheit!
Gemeinsam gehen sie durch einen Tunnel, der in
einem großen Raum endet. Jonas sieht eine
schwere Eisentür, vor der ein bewaffneter Mann
sitzt. Öffne die Tür, sagt Altan zu Willem, der
lange Jahre Wächter der Gefangenen war. „Nein"
sagt Willem, ich schließe nur auf, wenn mir ein
von Gran unterzeichnetes Formular vorliegt. Ich
bin Barone Altan, Herr des Höhlenlandes!

Ich befehle dir, die Türe zu öffnen. Doch Willem bleibt stur, sagt „Nein" und nochmals nein.

(Bürokratie kennt keine Grenzen, überall dort wo manche Vorschriften mehr zählen als gesunder Menschenverstand.)

Jonas wird das alles zu dumm, schickt Willem mit einem gezielten Schlag seiner Handkante zum Träumen. Er öffnet mit dem Schlüssel, den Willem ohne Genehmigung des Gran nicht herausgeben wollte, die schwere Eisentür. Auf den ersten Blick erkennt er einen großen Raum mit allen Annehmlichkeiten. Eine Frau und ein Mann sitzen auf einem Sofa und sehen Jonas entgeistert an! Sofort schreien sie Jonas, Jonas, Jonas du bist da! Du bist da, endlich hat das Leid ein Ende! Willem der Bürokrat ist aus dem Schlaf erwacht, schreit lauthals, nein, nein so geht das nicht! Schnell schickt Jonas ihn dahin, wo er bereits war. Maria seine Mutter, umarmt ihn mit Tränen in den Augen. Karl sagt nur, mein Sohn, mein geliebter Sohn, während Altan sich vor Scham abwendet.

Nora geht zu den drei Glücklichen und nimmt an ihrem lange ersehnten Glück teil.

Karl sieht seinem Sohn in die Augen, spricht Worte die in der Geschichte des Siebenlandes niemals vergessen werden.

Worte, die für jede und jeden der verschiedenen Völker in Zukunft Freiheit und Gleichheit aller bedeuten.

Wir alle sind gleich!
Ob König oder Diener.
Ob Meister oder Lehrling.
Ob Bauer oder Knecht.
Ob Mann oder Frau.

Vergesst das nie!

Es steht nun geschrieben!

ALLE MENSCHEN SIND FREI UND GLEICH
AN WÜRDE UND RECHTEN GEBOREN.
SIE SIND MIT VERNUNFT UND GEWISSEN
BEGABT UND SOLLEN EINANDER IM
GEISTE DER BRÜDERLICHKEIT BEGEGNEN.

ART. I DER ALLGEMEINEN ERKLÄRUNG DER MENSCHENRECHTE.

Karl sprich nun zu seinem Sohn Jonas!

Lieber Sohn, lieber Jonas!
Wir mussten dich damals alleine lassen, es war unsere Pflicht, zurück zu kehren! Es war unsere Aufgabe, den Fluch des Gran zu brechen! Alle sollten frei sein, ihre Meinung sagen, ohne im Kerker des Gran elend zu sterben!
Doch es ist noch nicht vollbracht. Nur jener, der auf der Spitze des Berglandes den Sündenpfahl des Königs aus dem Boden reißt, wird unser Land vom Terror des Fluches befreien. Sei du Jonas derjenige, der unserem Land Freiheit, Gerechtigkeit und Gleichheit aller bringt!

Jedoch ist der letzte Weg ein schwerer Weg. Er wird versuchen, all deine Kraft zu rauben. Willst du, lieber Jonas, den schweren Weg gehen?

Ich werde es tun, antwortet Jonas, denn es ist Zeit.

Danach wendet Karl sich Altan zu, der sich reumütig aus dem Staub machen wollte!

Altan, Altan, zwölf lange Jahre, einhundertvierundvierzig Monate waren wir von dir gefangen! Der Glaube an Jonas, unseren Sohn, hielt Maria und mich am Leben! Jede Nacht und jedes Erwachen waren eine Qual! Auch du sollst nun zwölf Jahre, einhundert vierundvierzig Monate hier verbringen!
Nein, bitte nicht, ruft Nora. Jonas sagt, Vater auch Rache ist der falsche Weg. Es war schlimm für euch aber auch für mich. Ich denke dabei an Anni Schulze. Aber wir leben, vergess das nicht!
Auch Maria meldet sich zu Wort. Ich kenne deine Gedanken, Karl, jede Nacht hast du im Schlaf gesprochen, aber Hass führt in die Hölle, denke stets daran! Sieh, was auch ich sehe, dein Sohn Jonas liebt die Nora, Tochter deines damaligen Freundes und heutigen Feindes. Zerstöre ihre Liebe nicht, Karl, ich könnte dir dies niemals verzeihen! Sei auch du milde, bitte, Karl.

Altan tritt nun aus dem Hintergrund, geht zu Karl und reicht ihm die Hand.

Nach einigem Zögern, ergreift Karl von Falkenstein die Hand von Altan, der nun spricht. Immer noch ist Leon aus dem Wasserland erpicht, den Pfahl an sich zu reißen.

Auch Ludewig vom Berg hat es trotz vieler Versuche nicht geschafft! Nehmt euch vor ihnen in acht! Leon ist gemein und hinterlistig, Ludewig ist einer, der dich umarmt, danach dir aber seinen Dolch in deinen Rücken stößt. Wasser und Berge können den Tod bedeuten, denke immer daran, Jonas, Sohn des Karl von Falkenstein.

Am Abend sitzen sie alle gemeinsam an einem langen Tisch um zu speisen. Einige gebratene Fische, schwarze geschälte Wurzeln und Grünzeug, das oberhalb der Höhlen geerntet wird. Karl erhebt sich und übergibt Jonas den Ring der Familie! Er wird dich schützen, einmal wird er helfen, deinen Gegner ins Reich des Vergessens zu schicken. Doch merke dir: nur einmal! Viele Jahre ist er im Besitz unserer Familie, er soll nun dein Ring sein! Einmal wird er helfen, einmal!

Karl wo hast du den Ring versteckt? Den ich immer haben wollte. Ganz einfach, Altan, an meinem Finger, du hast immer gedacht, dass dieser nur eine Fälschung wäre um dich in die Irre zu führen. Falsch gedacht!

Altan nimmt nun eine getrocknete Lehmfigur aus dem Regal, zerschlägt sie. Ein silberglänzender Dolch wird sichtbar, den er Jonas übergibt. Dieser Dolch durchdringt jedes Material, denke daran! Maria legt Jonas eine goldenes Kettchen um den Hals, dies wird dich beschützen auf deinem Weg. Jonas bedankt sich, fragt jedoch, wie und wo finde ich diesen Leon? Nora fällt ihm ins Wort, nicht du Jonas, sondern wir finden ihn. Er lebt auf einer Insel mit seinen angeworbenen Kriegern aus dem Klippenland. Ich kenne den Weg über das Wasser. Jedoch ist diese kleine Insel schwer bewacht! Ich hoffe, dass wir einen Weg finden, um unentdeckt zu bleiben. Morgen in aller Frühe brechen wir auf! Karl und Altan sehen voller Stolz auf die beiden, sind innerlich erfreut, obwohl sie sich gegenseitig manchen bösen Blick zuwerfen.

Insel des Leon

Foto: Achim Hering
aus Wikimedia Commons

Der Kampf mit Leon

Ohne sich zu verabschieden begeben sich Nora und Jonas mit dem erbeuteten Boot von Leons Männern auf den Weg zu der Insel.

Nach einiger Zeit begleiten sie wiederum einige Delfine, die Jonas bereits kennt. Einer von ihnen tut sich mit hohen Sprüngen besonders hervor. Jonas und Nora erkennen ihn sofort, an dem weißen Fleck oberhalb seiner Nase. Sie winken ihm zu, was das Tier sogleich mit freudigen im Wasser planschen beantwortet. Mittlerweile glaube ich, sagt Jonas zu Nora, dass auch Tiere eine Seele haben und erzählt ihr die Geschichte von der Kröte „Fritz".

Ungläubig schüttelt Nora den Kopf, aber als sie das ernste Gesicht von Jonas sieht, glaubt sie ihm. Besondere Menschen haben besondere Gaben, sagt sie, sieht ihn dann verliebt an.

Es ist später Nachmittag, als beide in der Ferne die Insel sehen.Mit eingezogenem Segel erreichen sie den Rand des bewaldeten Inselparadieses. Keiner bemerkt sie, als sie sich dem Haus von Leon nähern.

Als sie das Schloss oder die Steinbaracke des gewollten neuen Königs von Siebenland erreichen, bemerken beide, dass etwa acht bewaffnete Männer den Bunker von Leon umrunden!
Sie werfen einige Steine nach links und rechts ihres Standortes. Drei Bewacher von Leon nähern sich, um zu sehen, was diese Geräusche bedeuten. Zwei von den Kämpfern des Leon werden mit gezielten Schlägen von Jonas außer Gefecht gesetzt. Nora erledigt mit einem gezielten Tritt in den Unterleib den Anderen!
Damit sind es nur noch fünf. Drei Gegner erledigt Jonas mit seinem selbst geschnitzten Stock, den er immer bei sich trägt! Nora setzt einen Bewacher von Leon mit Faustschlägen außer Gefecht. Einer flieht, doch Jonas erreicht ihn und ringt ihn zu Boden! Als er das Gesicht des Gegners erkennt, ruft er voller Enttäuschung: Helgun, du?

Du, mein bester Freund aus dem Klippenland, ist zum Bewacher von Leon geworden. Das glaube ich nicht, aber ehrlich, Richtig schade!

Nein, sagt der Unterlegene, ich bin nicht Helgun, sondern Sven, sein Zwillingsbruder.

Dann sage mir, Sven, warum hast du das Klippenland verlassen?

Es war mir dort zu blöd, Nichts als ein paar dumme Vögel, keiner wollte etwas tun. Oft sagte ich, wehrt euch, baut Häuser aus Stein, aber alle waren zu faul, dies zu tun. Sie versteckten sich lieber, als zu kämpfen. Deshalb ging ich und bin hier gelandet. Nun töte mich, denn du hast mich besiegt. Nein, sagt Jonas, kein einziger darf sterben wegen dem Fluch, eines Menschen der nicht bei Sinnen war. Hilf uns, Leon gefangen zu nehmen und aus Siebenland wieder das Land zu machen, was es einst war.

Dies ist leicht, Leon ist nur noch ein Schatten seiner selbst, er ging auf den Berg, um König des Landes zu werden, kam als menschliches Wrack zurück. Aber er hat uns fürstlich bezahlt, um ihn zu bewachen. Sage mir, was hättest du getan. Ich Jonas Falk, den man nun Graf Falkenstein nennt, würde nicht für ihn da gewesen sein. Ich hätte geholfen, die Einheit des Landes zu bewahren.

Sven, sagt Jonas, gehe zurück in dein Land, grüße Helgun von mir. Sage ihm, dass das Siebenland bald wieder ein Land der Freiheit und des Friedens sein wird.

Jonas und Nora öffnen die Türe zum Haus von Leon. Tut mir nichts, ihr Dämonen aus der Unterwelt! Tötet mich nicht, bitte tut mir nichts. Danach windet sich Leon weinend am Boden.
Das kann nicht sein, sagt Nora, ein alter Kämpfer aus der ersten Garde des Gran liegt weinend am Boden. Was ist nur geschehen, ist es Ludewig, der mit Zauber alles zerstören will? Er, der als Kind Hosen aus Leder tragen musste, er der aus Angst oft in diese lederne Hose geschissen hat! Nein das kann ich nicht glauben.
Welch ein Quatsch, erwidert Jonas, es gibt keine Dämonen und Geister, ich glaube, dass der Bergler mit einem Trick alle täuscht. Bestimmt hat er versucht, den Pfahl auszureißen und es nie geschafft.

Wir und der Glaube an Gerechtigkeit werden Ludewig vom Berg eine Lehre erteilen.

Rückkehr ins Höhlenland

Nora, Jonas, Leon und Sven begeben sich zu ihrem Boot. Sofort verkriecht sich der von Angst und Schrecken geplagte Leon in den hinteren Bereich ihres Gefährts.

Ihre Ankunft im Land der Höhlen wird wie immer bejubelt. Altan und Karl erschrecken, als sie Leon, den Held von einst erblicken. Versteckt mich, sagt Leon, wenn „sie" kommen reißen sie mich in kleine Stücke. Wer? Fragt Altan, die ohne Gesicht antwortet Leon, nur blanke Schädel, furchtbar.

Leon ist sehr froh, dass er in dem Raum, der lange Zeit das Gefängnis von Karl und Maria war, eine sichere Zuflucht bekam. Sofort verschließ er die schwere Eisentür. Speis und Trank wird ihm durch einen Schlitz gereicht.

Das war es, sagt Jonas, er wird niemals wieder er selbst sein! Doch ich bin sehr neugierig auf die Schädel des Berglandes, besonders darauf, was passiert, wenn ich einen von denen mit der Kante meiner Hand streichle.

Karl lächelt innerlich, ja das ist mein Sohn,
absolut ein echter Falkenstein!

Nun gut, morgen früh brechen wir auf, nur Nora
und ich werden gehen. Viele fallen auf, zwei nicht
so sehr. Jonas ist wild entschlossen, dem Spuk und
Ludewig ein Ende zu bereiten. Weitere Waffen
brauche ich nicht sagt er zu Altan, ich habe den
Ring meines Vaters und deinen silbernen Dolch.
Auch zwei Hände und natürlich Nora, die wenn es
notwendig ist, kräftig zuschlagen kann. Das hat sie
von mir, erwidert Altan. Von dir, sagt Karl, dass
ich nicht lache. Von ihrer Mutter hat sie es geerbt,
du hast es doch damals oft selbst körperlich
gespürt.
Damals als du uns erklärt hast, dass blau angemalte
Augen, dein neues Outfit wären.

Bergland

Foto: Norbert Scheurig

Ludewigs Bergewelt

Zuerst geht Jonas mit Nora auf einem mit Holz-
Geländer abgesichertem Weg. Seitlich geht es steil
in die Tiefe. Bei einem Sturz in die Tiefe würde
man sich alle Knochen brechen. Jedoch prüfen sie,
ob nicht doch irgendwo am Geländer manipuliert
wurde, um eventuell jeden in Sicherheit zu wiegen,
um dann in die Tiefe zu stürzen.
Nora sagt Vorsicht, Ludewig ist zwar ein Feigling,
aber nicht dumm. Irgendwann wird das große
Erwachen kommen. Jonas geht voran und klopft
mit seinem Stock regelmäßig auf die Holzstangen.
Und siehe da, an einer besonders steilen Stelle fällt
nach einem Schlag mit seinem Stock die ganze
Konstruktion in sich zusammen. So ein gemeiner
Sack, sagt Jonas, mal abwarten welche
Überraschungen auf uns zukommen. Bleibe immer
hinter mir, liebe Nora und sei sehr wachsam. Keine
Sorge, erwidert sie, ich passe gut auf uns auf.
Beide lachen trotz dieser gefährlichen Situation.
Bald erreichen sie das Waldgebiet unterhalb der
steilen Abhänge.

Ein toller, breiter, sauberer Weg führt nach oben.
Super, sagt Jonas, der Weg ins Glück!

Du meinst wohl, der Weg ins Unglück. Klar, Nora,
ich wollte dich nicht beängstigen. Mit gutem
Gefühl gehen sie nun abseits des schönen Weges
weiter. Kurze Zeit später erspäht Jonas eine dünne
Schnur, die über den Weg gespannt wurde.
Achtung sagt er, ein billiger Trick der in Action –
Filmen schon oft gezeigt wurde.
Er berührt die Schnur und sofort schwingt ein an
Seilen befestigter Baumstamm über die gesamte
Breite des Weges. Schlimm, dass man daran spitze
lange Speere befestigt hat.
Die hätten uns aufgespießt wie ein Schaschlik
denken beide. Welch ein Idiot muss der Bergdepp
sein. Noch vorsichtiger gehen sie weiter, aber einer
von ihnen stolpert in die Falle. Ein dickes Netz
fällt über sie! Gefangen auf dem Boden liegend
hören sie Jubelschreie ihrer Feinde. Tu was Jonas,
tu was, sagt Nora. Beruhige dich liebste Nora,
beruhige dich, erwidert Jonas, zum Glück habe ich
die Schere von dem Billigladen,
…………*Werde willig, kaufe billig,*…………
dabei. Sie wird uns helfen um zu entkommen
Dann beeile dich, verdammt noch mal!

Schnell befreit er Nora und sich aus der misslichen Lage. Sie verstecken sich im Gestrüpp, wagen kaum zu atmen! Doch keiner bemerkt sie. Nach einigen Stunden der Suche ist Ulrich Hiesel, Anführer der Suchmannschaft, der Meinung, am frühen Morgen die Suche nach den Eindringlingen fortzusetzen. Es ist fast Nacht, wir haben Hunger und Durst, morgen in der Frühe werden wir sie jagen und gefangen nehmen. Männer, die Prämie von Ludewig wird eine Große sein.

Jonas und Nora setzen nun achtsam ihren Weg fort. Sie verlassen das bewaldete Tal, beginnen den Berg zu besteigen, der alles überragt. Der Berg, dem sie den Pfahl des Grans herausreißen wollen. Am späten Nachmittag erreichen sie einen Bergsee, an dem sie eine Pause einlegen. Jonas erkennt, dass in einiger Entfernung Pfähle mit aufgesteckten Totenschädeln in den steinigen Boden gerammt wurden. Wie aus dem Nichts erheben sich Gestalten mit weißen Gesichtern aus dem Boden. Ein schwarzer Umhang mit Kapuze umhüllt ihren Körper. Es werden immer mehr!

Ölmalerei von Paul Cezanne

Jetzt haben sie uns, sagt Nora. Das war es dann
wohl. Mittlerweile nähern sich etwa dreißig dieser
unheimlichen Weißgesichter. Auch die Such-
Mannschaft trifft ein. Obwohl Jonas einige
Angreifer zum Schlafen schickt, nimmt man beide
gefangen. Zum Glück kann Jonas den Silberdolch
von Altan in seinem Schuh verstecken, keiner
bemerkt es.

Ulrich Hiesel lacht und spricht. Na haben wir euch erschreckt? Der letzte, der hier war, lag vor lauter Angst weinend am Boden. Ludewig wird erfreut sei, wenn wir euch zwei zu ihm bringen. Wir Bergler sind unbesiegbar, lacht er und zeigt dabei halbverfaulte verfärbte Zähne. Welch ein Ekelpaket, dieser Ulrich, denkt Nora, Pfui Teufel. Gefesselt werden Jonas und Nora abgeführt. Nach zwei Stunden nähern sie sich einer sehr feudalen Berghütte in der anscheinend Ludewig regiert. Ulrich ruft in einer kaum verständlichen Sprache nach ihm.

Komm raus, Ludewig, wir bringen dir die zwei!

Als dieser erscheint, möchte Nora am liebsten laut lachen. Doch sie hält sich zurück. Ein kleiner, beleibter Mann mit wirrem Haar und dicker Lederkleidung tritt heran, verbeugt sich und sagt: „Ja wen haben wir denn da?"
Die eingebildete Tochter vom Barone, den Sohn vom Falkenstein, welch ein guter Tag.

Was jetzt, fragt Jonas, willst du uns einsperren oder gar töten? Nein, nein, antwortet Ludewig, ich brauche euch, um den Pfahl zu entfernen, um mich, Ludewig den Großen, zum König zu machen!

Danach wird man sehen. Er lacht hinterlistig. Dich, fragt Nora, zum König machen, das wäre der Untergang des Siebenlandes. Und du wirst meine Königin murmelt Ludwig, endlich, fast habe ich mein Ziel erreicht.

Und nun folgt mir. Als sie den Raum der Hütte betreten, erschrickt Nora sehr. Sie erkennt, dass Ludewig vom Berg wahnsinnig ist. Selbst Jonas schaut sich verwundert um. Was ist das, denkt er, dieser Mann vom Berg ist ein Irrer! Aber echt.

In der Hütte von Ludewig

Originalfoto: Diether aus Wikimedia commons

Schaut euch um, ihr Lieben, alles meine Freunde, die dem Herrn der Berge, dem baldigen König vom Siebenland leider einmal widersprachen. Er, wobei Ludewig auf ein Gerippe zeigt, wollte mir den Dolch ins Herz stoßen, doch meine dreifache Lederkleidung ist undurchdringbar. Er lacht hämisch, ja ich bin unbesiegbar. Danach füllt er aus einem Fass ein großes Glas mit schäumender Flüssigkeit und säuft es gierig leer. Nach einem langanhaltenden sehr ekeligen Rülpser sagt Ludewig, mein Elixier für ein langes Leben. Dein Leben, Falkenstein wird kurz sein, wenn du nicht tust, was ich sage! Jonas setzt sich neben Nora, fragt Ludewig, ob er die Schuhe ausziehen darf, meine Füße sind wund und bluten. Gerne, antwortet dieser. Tut was euch beliebt, ihr seid nicht meine Gefangenen, sondern meine allerliebsten Gäste. Dann ruft er nach Ulrich, befiehlt ihm, Speisen und Getränke für seine Gäste zu bringen, wobei er dreckig grinst.

Während Jonas seine Schuhe auszieht, schiebt er unbemerkt den Dolch in seinen Hemdsärmel. Ludewig hat nur Augen für Nora.

Bald bist du meine Königin Nora, sehr, sehr bald! Als er dann lachend zum Fass geht, um sein Glas zu füllen, holt Jonas den Dolch aus dem Ärmel, erhebt sich und geht auf den Gegner zu. Das wollten schon viele, keiner hat es geschafft sagt Ludewig, ergreift einen Knüppel, um Jonas zu erschlagen. Dieser jedoch wirf in letzter Sekunde den Dolch. Erstaunt sieht Ludewig, wie der Silberdolch das Leder seiner Weste durchdringt und sein Leben beendet.

Jonas öffnet die Tür, sagt zu den Männern, geht, Ludewig ist tot, er zahlt nun keinen Sold mehr. Verwundert blicken diese auf den am Boden liegenden, wenden sich ab und gehen ohne ein Wort. Ulrich murmelt noch, es musste ja so kommen, wie es gekommen ist. Dieser verrückte Ludewig hat alles übertrieben.

Im Schein von Ludewigs brennender Berghütte, begeben sich Jonas und Nora auf den Weg, um endlich nach langer Zeit den Fluch des Gran zu beenden.

Nach schwerem, schweißtreibendem Aufstieg sehen sie ihn.

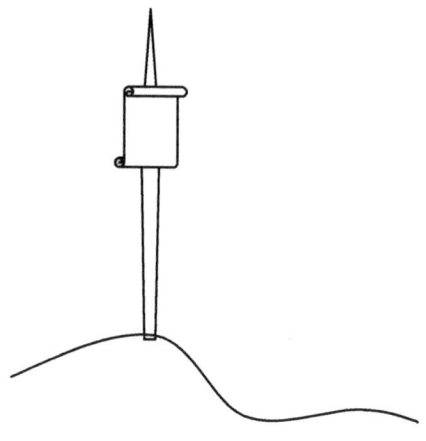

Sündenpfahl mit der Inschrift „König" auf silberner Schriftrolle

Einen Holzpfahl mit Schriftrolle aus Silberblech und der Inschrift „*KÖNIG*". Jonas sagt, welch ein Wahnsinn, welch eine Idiotie. Dazu fällt mir nichts mehr ein, aber auch gar nichts!

Wegen dem Ding veränderte sich das Schicksal
des Siebenlandes. Deswegen standen sich viele
Menschen feindlich gegenüber. Dieses Holz
kostete vielen das Leben. Nur weil ein Einzelner
voller Hass und Zorn war, und alle anderen dafür
büßen mussten. Nie mehr darf das Siebenland von
einem Despoten regiert werden. Nie mehr!
Dann umgreift er den sogenannten Sündenpfahl
und reißt ihn aus dem steinigen Boden. Nora
spricht nun erleichtert, es ist vollbracht. Sieh,
Jonas, der Himmel ist plötzlich heller als sonst. Ein
Gefühl der Freude spüren sie in sich. Beide sehen
sich in die Augen und verlassen Hand in Hand
diesen Ort.

Bei ihrer Rückkehr begegnen sie Ulrich Hiesel und
einigen anderen Bewohnern des Berglandes, die
sich gesenkten Hauptes vor ihm niederknien.
Um Himmels Willen, sagt Jonas, Steht auf! Die
Zeiten des Niederkniens ist nun beendet.
Solch einen Blödsinn brauchen wir nicht mehr!
Denn keiner ist besser oder schlechter als der
andere. Steht endlich auf, Leute. Bitte!

Einige Tage später kehren sie zurück ins Höhlen-Land. Große Freude unter den wenigen dort lebenden Bewohnern.

Karl eilt ihnen entgegen, verbeugt sich, sagt, mein König, mein Sohn. Jonas antwortet, mein Vater, bist du nun auch vom Wahnsinn umzingelt. Das Land ist nun frei, auch von Königen, Grafen und sonstigen Edlen. Siebenland wird von keinem mehr, aber auch von gar keinem mehr allein regiert. Aus allen sieben Teilen unseres Landes werden von den Bewohnern zwei Vertreter gewählt, die gemeinsam über Rechte und Pflichten der Menschen entscheiden. Punkt und fertig!

Altan sagt etwas kleinlaut, aber im Waldland und im Wüstenland gibt es doch überhaupt keine Bewohner. Stimmt, im Moment noch nicht, Altan, erwidert Jonas, aber dies wird sich in naher Zukunft ändern und schaut dabei Nora lächelnd an.

Zehn Jahre später

Karl, Maria und Altan sind nun Großeltern! Vier Enkel von Jonas und Nora.

Aber auch Helma und Helgun sowie Grit und Sven tragen zum Zuwuchs der Bevölkerung mit je drei Kindern bei.

Insgesamt hat sich die Gesamtzahl der Menschen im Siebenland fast verdreifacht.

Jonas, der nun mit Nora im Klippenland ansässig ist, wurde als Vertreter zusammen mit Helgun, in den Rat gewählt!

Einmal waren alle etwas verwundert, als er schützende Maßnahmen für alle Kröten des Landes forderte! Einstimmig wurde dem zugestimmt!

Leon lebt angstfrei seit drei Jahren wieder auf seiner Insel.

Weitere fantastische Geschichten des Autors

Die Höhlen von Bottenga

Sie kamen aus dem Eis

Die Prinzessin und der Fischer

Ein weiteres Highlight des Autors:
„Freiheit und andere Dinge" (Gedichte)

Norbert Scheurig

**Freiheit und andere
Dinge**